Neustadt Geflüster

präsentiert

Anton Launer

Anton auf der Louise

Neustadt-Geflüster:
30 Geschichten aus 15 Jahren

Bildnachweis

Seiten 6 / 7: Lars P. Krause, Neustadtplan, mit genügend Raum zum Selbstausfüllen wie Widmungen, Notizen u.v.m.
Seite 29: Jan Frintert, Alaunplatz
Seite 33: Stephan Böhlig, Katharinenstraße
Seite 37: Stephan Böhlig, Böhmische Straße
Seite 47: Christoph Springer, Alaunplatz
Seite 51: Freistellen | Photography, Alaunstraße
Seite 57: Stephan Böhlig, Katharinenstraße
Seite 61: Jan Frintert, Alaunstraße
Seite 65: Jan Frintert, Albertplatz
Seite 73: Günter Starke, Louisenstraße Ecke Kamenzer Straße
Seite 77: Michael Rudolph, Rothenburger Straße
Seite 81: Günter Starke, Böhmische Straße
Seite 91: Klaus Heidemann, Prießnitzstraße

1. Auflage im Eigenverlag, Dresden 2014

Gestaltung und Satz: griot communications
in der Garamond Premier Pro
Buchtitel: Ausschnitt aus einem Gemälde von Michael Kral „Böhmische Straße in der Dresdner Neustadt“, 150 x 100 cm, Acryl auf Leinwand, 2011, www.kral-artifex.com
Lektorat: wortform Dresden, Andre Glöckner
Druck und Bindung: PBtisk a.s., Příbram, CZ
ISBN: 978-3-00-047867-3

Inhalt

RUDOLF-LEONHARD-STRASSE
TANNENSTRASSE
KÖNIGS-
BRÜCK
SEITENSTRASSE
HECHTSTRASSE
JOHANN-MEYER-STR.
BISCHOFSWEG
BISCHOFS-PLATZ
DAMMWEG
FRITZ-REUTER-STR.
CONRADSTRASSE
©L.P.Krause
douze.de

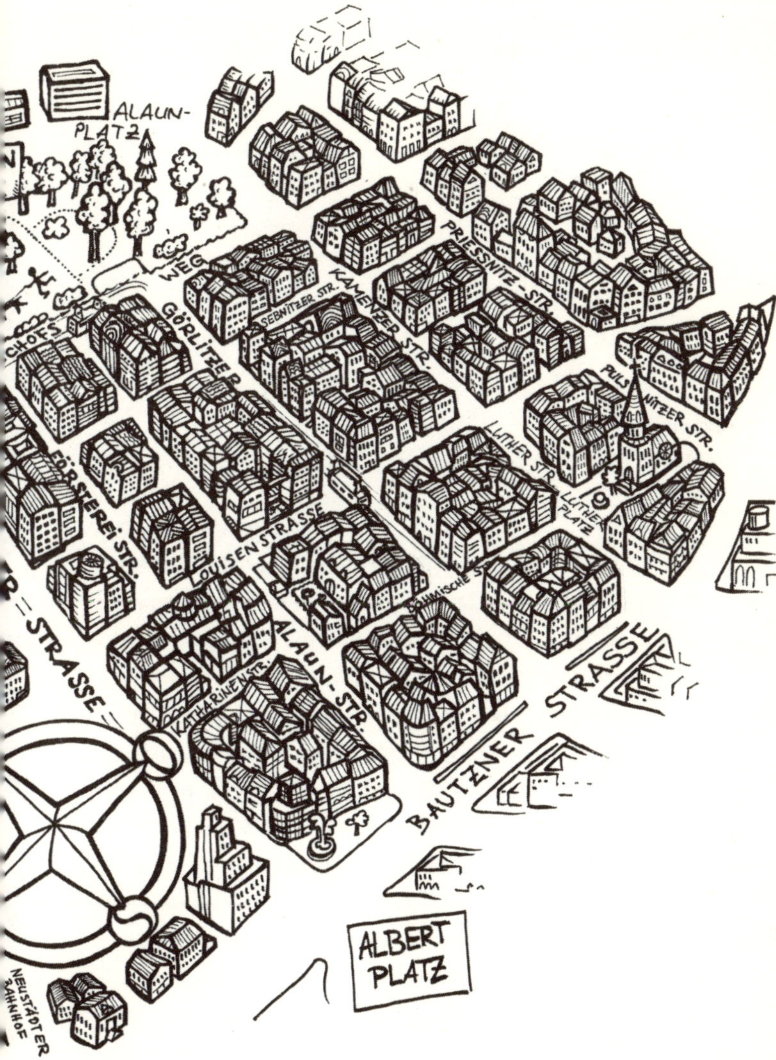
ALAUN-
PLATZ
WEG
GÖRLITZER
PRIESSNITZ-STR.
KAMENZER STR.
SEBNITZER STR.
PULSNITZER STR.
LUTHER STR.
LUTHER PLATZ
FÖRSTEREI STR.
LOUISEN STRASSE
ALAUN-STR.
KATHARINENSTR.
STRASSE
BAUTZNER STRASSE
ALBERT
PLATZ
NEUSTÄDTER BAHNHOF

Von einem, der auszog…

Vorwort

Es gibt Dinge, die hätte ich mir nie träumen lassen. Doch im Juni 2010 ist's passiert, ich zog aus – raus aus der Neustadt. Nach knapp 19 Jahren musste ich einfach weg, die Liebe zum Viertel hatte keine Chance gegen die Liebe einer Frau. Drum weile ich nun gerne in der Ferne, jenseits der Elbe. Einerseits. Denn der Weg dahin war lang und nicht leicht. Manchmal, wenn ich so auf 'nem Sims sitze und die Neustadt an mir vorbeitrudelt, überkommt mich eine große Schwermut. Dann denke ich mir: Ich wohne jetzt woanders, bestimmt sehen die alle in mir den schnöden Touristen.

Wie hat sich das Viertel verändert in den Jahren! Mein erstes Zimmer hatte ich auf der Otto-Buchwitz-Straße (heute „Königsbrücker"). Dort wohnte ich schwarz, und eines Tages wurde die Küche zugenagelt, weil es darin zu leben begann. Später dann, im besetzten Haus auf der Louisenstraße, wollte ich mit anderen schwarzen Schafen in den Aufschwung Ost investieren. Die Originalzeichnung des Schafes liegt noch bei mir rum.

Irgendwie habe ich mich stets mit dem Viertel verändert – der wilde Hausbesetzer mutierte zum braven Wahlbürger, der sich über Hundekot aufregt und Straßenbahnstreichler denunziert. Ist das der logische Schluss, dass ich der Neustadt nun ganz den Rücken kehre, Jugend ade, Neustadt ade?

Nee, denn ich bin ja noch hier!, fast jeden Tag im Büro und häufig auch abends, privat oder zu 'nem beruflichen Treff. So kostbar war mir die Zeit in dem Viertel noch nie, ich erlebe es viel intensiver. Und aus der Distanz schaue ich ja heute vielleicht auch ein bisschen genauer hin. Und zurück: in diesem Buch mit zwei Mal 15 der schönsten Geschichten zum 15-jährigen Jubiläum des „Neustadtgeflüsters“.

Von knappem Trinkgeld und Gratis-Kondomen

Juni 1999

„Zahlen bitte!“, dröhnt es vom Nachbartisch. Als ob der Typ damit seine weibliche, etwas schüchterne Begleitung beeindrucken will. „Komme. Gleich“, grummelt Landi und blinzelt mir zu: „Der nervt, willste noch einen?“ Danke, mein Glas ist noch halbvoll, verneine ich und versinke wieder in Gedanken. Portwein weckt die Phantasie, der schmeckt nach Wärme und Ozean. Doch leider werde ich schnell wieder aus meinen Erinnerungen gerissen. Der unangenehme Typ ist zum Tresen gegangen. „Hier hast du zwanzig Mark, vom Rest kannst du dir einen schönen Abend machen“, lacht er mit röhrender Stimme, die das ganze Hieronymus ausfüllt. Landi greift den Zwanziger und sagt kein Wort. Kein Danke, kein Tschüss. Jetzt bin ich neugierig. Als das ungleiche Pärchen verschwunden ist, frage ich nach.

„Tja, 60 Pfennige Trinkgeld“, rechnet mir Landi vor. Was für ein Typ, denke ich mir.

Wahrscheinlich war er beleidigt, dass der Kellner nicht gleich auf den ersten Zuruf gesprungen kam. Aber das kann man Landi nun wirklich nicht zumuten. Zu meinem zweiten Portwein komme ich jedenfalls schneller als gedacht, und Landi trinkt gleich einen mit. „Es ist immer das Gleiche“, meint er „diese Jungs wollen vor den Mädels angeben, also bezahlen sie.“ Beim Trinkgeld wird gespart. Richtig dickes Trinkgeld bekommt man nur von Kollegen oder von einsamen Typen mit großem Kummer.

Ich überlege, Trinkgeld? Ist mir eigentlich ganz klar. Entweder zehn Prozent und dann auf die nächste Mark aufrunden oder gar nichts, bei lausiger Bedienung. Aber so klar ist es wohl nicht, sagt Mirko: Da war so ein Typ, hat 'ne Rechnung von 49,50 Mark, gibt mir einen Hunderter und sagt „fünfzig“. Geb ich ihm 50,50 Mark wieder und ein Kondom obendrauf: „Damit sich so was Geiziges wie du nicht vermehrt!“ – Solche Geschichten gibt's nur im Blue Note und nur zu vorgerückter Stunde.

Von breiten Autos und engen Straßen

August 1999

Ein kurzes Quietschen, Kunststoff knirscht, und polternd fällt der Außenspiegel eines wunderschönen roten Cabrios auf die Straße. Die junge Frau hinter dem Steuer des anderen Wagens zuckt zusammen und hält an. Für eine kleine Weile scheint die Zeit still zu stehen.

Dann geht alles ganz schnell: Der Cabrio-Fahrer springt auf die Straße, brüllt die Frau an. Die sagt gar nichts und scheint in das Lenkrad zu beißen. Der Mann fasst sich scheinbar wieder, mit einem Ruck wirft er seine langen schwarzen Haare nach hinten und schaut auf die Straße. Die ist inzwischen in beide Richtungen hoffnungslos verstopft – die wartenden Fahrer veranstalten ein kleines Hupkonzert.

Ich sitze vorm Blumenau und beobachte die Szene. Ich kenne die Louisenstraße seit den Achtzigern.

Damals standen nur vereinzelt ein paar Trabis herum. Stau gab es nicht – aber auch keine Straßencafés.

Eigentlich will ich nur gemütlich den warmen Vormittag genießen und mir die Sonne auf den Kopf scheinen lassen. Aber heute gibt es hier keine Gemütlichkeit. Die beiden Kontrahenten haben sich zwar inzwischen wieder beruhigt und geben die Straße frei. Die Schuldfrage scheint geklärt, das Knäuel entwirrt sich allmählich.

Doch da zeichnet sich schon der nächste Stau ab, von der Rothenburger Straße biegt ganz langsam ein orangefarbener LKW ein. Die Müllabfuhr dreht ihre Runden.

Quälender Service und masochistische Gäste

Juli 1999

Die Neustadt – Hochburg der gastronomischen Unkultur? Tatort: Scheunecafé, mehrfach von den Lesern eines Stadtmagazins zur Lieblingskneipe gewählt und auch sonst immer ziemlich voll. Tatzeit: kurz nach 16 Uhr. Im Garten fordert ein Schild in vier Sprachen auf, Getränke bitte an der Hütte zu bestellen. Zwei Jungs, offensichtlich Studenten, eben angekommen, schauen hoffnungsvoll dort hin. Doch die ist verriegelt und verrammelt. Also rein in den Laden. Vielleicht werden sie ja drinnen bedient. Ich folge unauffällig. Nach einer kurzen Weile hoffnungslosen Sitzens am Tisch, stellen sie sich in die Schlange am Tresen, ich bin vor ihnen dran: „Ein kleines Pils bitte!" Das kommt sofort, und dann ist es auch noch ein großes. Mit einem Achselzucken quittiert es der blonde Kellner. Gut, es ist ja auch warm draußen. Ich zahle und setze mich im Garten in die Sonne. Der Täter ist klar, nicht der Gärtner, der Kellner war es. Die Gäste sind Opfer, die überleben.

Das Scheunecafé ein Einzelfall? Nein, aber exemplarisch. Im Copas y Tapas warte ich über eine Stunde auf ein Sandwich, im Mona Lisa muss ich die Kellnerin erst lautstark rufen, und im El Perro Boracho bekomme ich einen Caipirinha ohne Zucker. Sauer.

Vielleicht stimmte es ja, was Steffen meinte. Der war mal Cafébesitzer und behauptete stets, Gäste seien Masochisten, die wollten gequält werden.

„Copas y Tapas", „Mona Lisa" und „El Perro Boracho" sind inzwischen längst geschlossen und unter neuem Namen eröffnet. Das Scheunecafé steht weiter ganz oben in der Publikumsgunst. Ohne die Service-Qualität nennenswert zu steigern.

Autos, Türken und fiese Diebe

Februar 2000

„Kannst du mal helfen?", lächelt der Schnauzbart mich an, ein Türke in Jogginghose. Nein, er grinst und deutet auf sein altes BMW-Cabrio. In mir beginnt es zu rattern, wie in der alten Kasse im Schnapsladen auf der Alaunstraße. Nur rattern hier keine Zahlen, sondern Schlagzeilen und Bilder: Trickbetrüger. Schlägereien. Mafia. Flammen. Hütchenspieler. Banden-Krieg. Handtaschenräuber. Gefahr! Alarm! Die Glocken schlagen. Dingdong. Mein Puls steigt. Angst.

„Bitte Strom", lächelt er noch immer, und ich fasse mich – ist doch alles Quatsch: „Klar, kein Problem!" In wenigen Sekunden setze ich mein energiespendendes Fahrzeug zurück und platziere es direkt vor den BMW. Ein zweiter Mann springt mit einem Kabel aus dem Cabrio. Kaum hab ich den Hebel gezogen, schon ist die

Motorhaube offen und nach einigen geschickten Griffen der BMW wieder am Brummen. Ein Blitzstreich. Die Klappe fällt zu. „Vielen Dank!“, und schwups sind die beiden jungen Türken verschwunden. Etwas belämmert stehe ich da, ich kleiner Rassist, und … fasse natürlich an die Gesäßtasche. Kontrolle ist ja besser. Logisch: Die Brieftasche ist noch da. Ich dachte immer, ich stehe da drüber. Warum hatte ich denn bitteschön Angst? Klar, dass nichts passiert.

Während ich noch grüble und Ausreden suche – die Medien sind schuld, immer diese Gewalt im Fernsehen und so weiter – werde ich zum Opfer eines fiesen Diebes: Mein guter Parkplatz ist futsch, noch mal eine Such-Runde! Laut lachend steige ich ein, sehr zur Belustigung der Umstehenden.

Löcher in der Straße oder Ein Stadtteil versackt

Oktober 2000

Einfach abgesackt, weggerutscht. Ein Loch ist entstanden. Mitten auf dem Martin-Luther-Platz sackten mehrere Pflastersteine etwa 30 Zentimeter nach unten. Rot-weiße Warnbaken markieren die Katastrophen-Stelle. Ein Schlund prangt dort, wo früher Straße war.

Dass man in der Neustadt hervorragend versacken kann, ist nichts Neues. Diverse Kneipen locken mit hochprozentigen Getränken, und nach reichlichem Genuss bleibt der eine oder andere Alkohol-Liebhaber schon mal unterm Tisch liegen. Doch dass neuerdings auch Pflastersteine versacken, ist schon ein ziemlich starkes Stück. Schon vor reichlich einem Jahr verabschiedeten sich auf der Schönfelder Straße ein paar Steinchen in den Untergrund. Damals reagierte das Straßenbauamt wesentlich drastischer. Zur Strafe wurde die halbe Straße mit Sperrung belegt. Rote Karte, zwei Wochen Pause, keine Autos, keine LKW, die übrigen Steine der Straße quasi in Sippenhaft. Nach Strafablauf wurden die Übeltäter aus ihrer Tieflage befreit. Neuer Sand im Untergrund sollte weiteres Absacken verhindern, bis heute von Erfolg. Stellt sich nun die Frage: War die Abrutsch-Aktion am Martin-Luther-Platz eine Solidaritäts-Demonstration, oder wurde dort einfach nur dem Druck von oben nachgegeben.

Diesmal ordnet die zuständige Behörde nur eine lokale Sperrung an, vermutlich ist sogar schon ein kleiner Bautrupp beauftragt, den Untergrund zu untersuchen und weitere Absackungen zu verhindern. Doch hier ist hart und schnell zu handeln! Nein, eine Sperrung des ganzen Platzes sollte her, um die Abweichler erst mal ihrem Elend zu überlassen. Damit die anderen Pflastersteine genau wissen, wer hier Herr über Grund und Untergrund ist.

Werden hier nur lokal begrenzte Strafen verhängt, gibt es immer wieder neue Absturzversuche. Und vielleicht bilden die Pflastersteine dann auch irgendwann eine Allianz mit den wenigen Asphaltdecken auf Alaun- und Louisenstraße. Das Drama könnte ungeahnte Formen annehmen, wenn plötzlich eine ganze Straße im Untergrund verschwindet und sämtliche Kneipen plötzlich mangels Laufkundschaft versacken …

Kalte Winde und warme Dämpfe

November 2000

Ein eisiger Novemberwind treibt verirrte Blätter vor sich her. Zwei, drei Cola-Dosen rollen aus Solidarität gleich mit, ein Papierkorb ist umgestürzt. Mein Schritt wird schneller, nur fix irgendwo ein gemütliches Lokal finden, mit einer ordentlichen Heizung drin.

Die meisten Restaurationen in der Neustadt besitzen moderne Heizkörper, manche sind sogar wahre Wunder an Design. Im Madness, der Musik-Kneipe auf der Louisenstraße, sind die schönsten. Silbern angestrichen und um die Fenster herum gebaut, hinterlassen sie einen bleibenden Eindruck. Obwohl die hohen Stangen auf den ersten Blick sehr kühl wirken, erzeugen sie doch eine mollige Wärme. In anderen Kneipen werden die Heizungen einfach versteckt. Im Oscar beispielsweise wärmen sie hinter Sitzbänken verborgen des Gastes Rücken.

Die traditionelle Art der Kohlefeuerung ist so gut wie ausgestorben. Aber im Hebedas steht noch ein riesiges Kachelmonster, mein Ziel. Mit dem Rücken an den Ofen gelehnt, wird mir langsam warm. Einzig bei der Vorstellung, die zarten Kellnerinnen hier werfen eimerweise Kohlen ein, schauert es mir. Der Betreiber heizt hoffentlich selbst.

Später, wieder auf der Straße, mit dem gruslig kalten Wind, scheint mir die Sauna das Rechte. Die geht auch im Sommer, aber wenn sich die Temperaturen dem Nullpunkt nähern, brauche ich besonders viel Energie.

Sauna, das heißt für mich Nordbad. Das Schöne daran, man trifft jede Menge Bekannte. Das Schlimme, alle sind nackt. Na gut, es ist nur bei einigen wirklich schlimm, und da darf man ja weggucken. Die Sauna ist ganz hübsch eingerichtet, eigentlich auch groß. Clou der Sauna ist der runde Pool unterm Spitzdach. Er lässt ahnen, wie die alten Römer badeten, gediegen und gelassen. Fehlen nur noch Honig und Wein.

Einen Haken hat die Nordbad-Sauna: Sie ist leider immer viel zu voll. Nur an Vormittagen in der Woche ist es leer. Ganz klar, denn die eine Hälfte der Neustadt, die Nachtarbeiter, die schläft. Die andere geht brav zur Arbeit. Schade eigentlich, dass sie nachts zu ist, die Sauna. Das wäre doch mal was, nach der Zechtour den ganzen Alkohol gleich wieder auszuschwitzen.

Von wärmenden Strahlen oder In den Hof geblickt

April 2001

Nein, ein flotter Feger ist sie wirklich nicht. Die Frau aus dem Nachbarhaus ist eher eine ziemlich propere Person. Und die läuft jetzt mit einer hellblauen Kittelschürze und einem riesigen Wäschekorb über den Hof. Am Wäscheplatz angekommen, geht der Korb forsch zu Boden, sie schaut sich prüfend um. „Andiiii!“, ruft sie mit mächtiger Stimme nach ihrem Sohn. Der blinzelt verträumt in die Wolken. Andi soll den Klammerbeutel bringen. Der Junior schreckt hoch und eilt zur Mutter. Die schimpft: „Dass du immer so rumtrödeln musst.“ Die Wäsche muss auf die Leine. Denn warme Sonnenstrahlen und frischer Wind trocknen noch immer am besten.

Diese Sonnenstrahlen sind auch schuld, dass ich Mutter und Sohn beobachte. Wenn der Sonntag zum Sonnentag wird, sitze ich gern auf dem Balkon hin zum

Hof. Hier ist die Neustadt nicht das schicke und moderne Viertel wie auf Louisen- oder Alaunstraße. In den Höfen geht's gemütlicher zu, statt in bauchfreiem T-Shirt und Dreiviertel-Hose eben in Kittelschürze und Latzhose.

Ein Latzbehoster steht im angrenzenden Grundstück über seinen Wartburg gebeugt, scheint fast im Motorraum zu verschwinden. Nach einer kleinen Weile taucht der Kopf wieder auf, mit unzufriedener Miene. Der Mann steigt ins Auto und versucht, den Motor zu starten. Doch so richtig will es nicht gelingen. Dafür startet die Dame mit dem Wäschekorb durch. „Muss denn das sein?, immerhin ist Sonntag." Aha, ein Ruhetag für Autoschrauber, sie hingegen darf natürlich weiter lautstark nach dem Sohne rufen. Nun, hat eben jeder seine eigene Vorstellung von Ruhe. Der Schrauber mit der Latzhose lässt sich jedenfalls auf keinen Streit ein. „Hat sowieso keinen Zweck", ruft er zurück, „ich höre jetzt auf." Er hat wohl Erfahrung mit der Dame.

Die hat inzwischen ihre Wäsche komplett auf die Leine gebracht und ruft schon wieder nach Andiiii. Denn der zankt sich inzwischen mit einer schwarzen Katze um einen kleinen Gummiball. Doch der Kleine ist gut erzogen und folgt der Mama zurück ins Haus. Auch der Mann mit der Latzhose packt seinen Kram zusammen, schiebt den Wartburg in die Garage und verlässt den Hof.

Ich genieße noch die letzten Sonnenstrahlen, dann vertreibt auch mich eine fiese Brise vom Balkon.

Feuchte Tropfen und eine beschlagene Brille

Juni 2001

Einer dieser unmöglichen Abende: Statt sommerlicher Temperaturen ist es ungemütlich kalt, und ein feiner Nieselregen vermiest Spaziergängern die Tour durch die Neustadt. Dafür freilich sind noch sehr viele auf Alaun- und Louisenstraße unterwegs. Meist pilgern sie in kleinen Grüppchen, immer auf der Suche nach freien Plätzen in einem hübschen Lokal.

Großer Andrang herrscht neuerdings besonders vor dem Schwalbennest. An besseren Abenden, also solchen ohne Regen, verweilen die Passanten gern an der Kreuzung, um die Rekel-Künste leicht bekleideter Damen im Obergeschoss zu sehen. Gogo-Tänzerinnen bewegen sich zum dumpfen Beat. Doch heute steht keiner und guckt, dafür drängt sich alles am Eingang. Die einen, die frohen Mutes gerade erst kommen, die andern nach einem Blick ins Lokal und verzweifelter Suche.

Ich weiß es besser und unternehme gar nicht erst den Versuch. Obwohl, ein einzelner Platz am Tresen wäre sicherlich frei. Doch wäre es mir hier viel zu hell und zu fröhlich. Bei Regen brauche ich immer eine kleine verrauchte Kneipe, einen gemütlichen Platz mit düsterer Stimmung. Auf der Louisenstraße stehen vor einem Café noch Tische und Stühle, der Wirt meint wohl, jemand setzt sich freiwillig in den Regen. Aber nein, drinnen ist es proppenvoll, die Kellnerinnen kamen vermutlich einfach nicht dazu, das Mobiliar wegzuräumen.

Einige Unverdrossene stört auch der Regen nicht. Laut schmatzend stehen sie vorm Istanbul, den warmen Döner in der Hand. Um die Ecke habe ich mein Ziel erreicht. Das Blue Note mit dem richtigen Charme für einen verregneten Abend.

Ich ziehe die Tür hinter mir zu, da will es mir scheinen, die Kneipe sei heute besonders verraucht. Keine Sorge, noch ist mein Blick nur wegen der Brille vernebelt, der plötzliche Klimawechsel ist schuld. Ein paar Augenblicke später sehe ich schon wieder genug, um einen freien Platz am Tresen zu erspähen. Sämtliche Schlechtwetter-Laune fällt ab von mir, Entspannung naht. Bitte ein Bier!

Aus dem Schwalbennest ist nach mehreren anderen Versuchen das Eckstein geworden. Die Go-Go-Girls aber tanzen weiter im kollektiven Gedächtnis.

Alkoholverdacht und Fitnesswahn

März 2002

Neulich kam mir zu Ohren, ich wäre alt und bequem, säße nur noch in verrauchten Kneipen herum und spräche dem Alkohol zu. Ich sehe mich daher gezwungen, etwas für meine Fitness zu tun.

Nun sind solch neumodische Einrichtungen mit körperquälenden Geräten so gar nicht mein Ding. Lieber zwänge ich mich in meinen uralten, ausgeleierten Jogginganzug, nehme die Beine in die Hand und spurte quer über den Alaunplatz, ab in die Heide. Das erste Stück ist immer etwas unangenehm. Zum einen lauern in den Neustädter Straßen an vielen Stellen übel riechende Hundehaufen, außerdem habe ich Angst, jemand könnte mich erkennen und sich über meinen Aufzug amüsieren. Das hat zur Folge, dass ich das erste Stück bis zur Prießnitz immer viel zu schnell laufe.

Völlig außer Atem, muss ich unter der Stauffenbergallee erst einmal verschnaufen.

Nun beginnt der schöne Teil des Fitnessprogramms. Dank eines umgestürzten Baumes überquere ich den Bach und kann nun einen schmalen Pfad entlang joggen. Um mich herum blühen schon vereinzelt ein paar Blümchen, an den Ästen sind die ersten grünen Knospen zu sehen, und von meiner Stirn läuft literweise der Schweiß.

Nach einem kurzen Stück gelange ich zu einer kleinen Steinbrücke, hier muss ich mich jedesmal entscheiden. Rechts geht es den Berg hoch Richtung Nordfriedhof, da ist eine ordentliche Runde drin, das hat nichts mehr mit Fitness zu tun, das ist Training für einen Marathon. Meist laufe ich links, da führt der Weg weiter entlang des Baches, und es geht nur ganz leicht bergauf. Auf diesem Teilstück ist fast immer reger Betrieb. Überwiegend junge Leute führen hier ihre Hunde, oder Kinder spazieren; dynamische Radfahrer spritzen durch den Matsch, und natürlich gibt es noch mehr, die wie ich durch den Wald joggen. An manchen Tagen, bei nasskaltem Wetter, fehlen Kinder, Hunde und Spaziergänger, nur die Fitness-Verrückten stapfen unbeirrt die Waldwege entlang. An solchen Tagen bekommt man auch immer ein Geschenk – von entgegenkommenden Leidensgefährten ein freundliches Lächeln.

Auf dem Rückweg habe ich dann ein Problem. Um in Windeseile durch die Straßen zu hetzen, fehlt's mir jetzt an Puste. Die Kraft reicht gerade noch, um den kleinen braunen Haufen auszuweichen. Erstaunlicherweise hat mich bislang noch keiner erkannt. Wer rennt auch in so ’nem Jogginganzug durchs Viertel …

Nicht nur die Neustadt wird immer ordentlicher, auch die Wege durch die Heide werden es. Den umgestürzten Baum als Bachquerung ersetzt jetzt eine Brücke.

Raue Randalierer und frustrierte Polizisten

Juni 2003

Wir hetzen zur Königsbrücker Straße. Nichts zu sehen. „So weit können sie eigentlich noch nicht sein, vielleicht an der Haltestelle." Dort sind zwar ein paar Jugendliche, aber die von uns gesuchten nicht. Schade, meint der junge Mann, wir eilen zum Tatort zurück, denn inzwischen ist die Polizei angekommen. „Sind Sie der Zeuge?" Der Polizist, so Mitte 30, ist ganz in seinem Element: „Kommen Sie mal in den Wagen, wir müssen ein Protokoll aufnehmen."

Der junge Mann verschwindet im Polizeiauto, für mich bleibt Zeit, den Schaden zu besehen. Von einer erfolglosen Verfolgungsjagd erzählte mir der junge Mann, ich fragte nicht nach seinem Namen. Zwei dreiste Burschen, möglicherweise betrunken, seien nur so zum Spaß über die Dächer der am Straßenrand geparkten Autos gesprungen. Dummerweise gab es dabei nicht nur die eine oder andere Beule. Die Heckscheibe meines Autos zersplitterte unter den Tritten der Übeltäter. John Travolta, der Schauspieler, sagte mal sinngemäß in einem Film, ein Mann, der sich am Wagen eines anderen Mannes vergeht, sei das wohl Feigste, was er sich vorstellen könne. An diesem Abend gebe ich ihm uneingeschränkt recht. Nichts gegen ein bisschen Spaß am Leben, aber wenn man Mist baut, sollte man auch dazu stehen und nicht einfach auf die billige Tour die Kurve kratzen.

Inzwischen wird am Tatort ermittelt. Ein Polizist fotografiert den Wagen von hinten und vorn, nimmt mit einer Spezialfolie den Schuhabdruck von der Kofferhaube ab. Viel davon verspricht er sich nicht. „Liefern Sie uns den passenden Schuh mit dazugehörigem Fuß, dann kriegen wir auch den Kerl", klingt's nach bitterem Humor, „da müssen wir nur nach einem Einbeinigen suchen." Doch der Mann macht seine Arbeit genau, selbst neugierige Passanten können ihn nicht stören. Die Zeugenvernehmung ist beendet, dankend drücke ich dem jungen Mann noch einmal die Hand. Dann befragt man mich. So langsam verstehe ich den Frust des Polizisten. Als ich vorsichtig nachfrage, wie es denn aussähe, ob der Täter vielleicht gefasst werde, platzt's aus ihm raus. Bis zu 20 Sachbeschädigungen hätten sie in der Neustadt pro Abend, und falls sie mal einen erwischten, verurteilt werde doch keiner.

Inzwischen half meine Nachbarin mit, den Wagen provisorisch mit einer Folie abzudecken, für den Rest der Nacht darf ich das Auto in einem Hof abstellen. Ich denke jetzt ernsthaft darüber nach, eine Garage zu mieten.

Der miese Heckscheibenzertreter wurde bis heute nicht ermittelt. Einen Stiefel mit Fuß drin konnte ich der Polizei aber auch nicht liefern.

Von Kaufrausch und berauschten Käufern

September 2003

„Eckhart!" Nervös schaut die Frau durch ihre randlose Brille. Weit und breit kein Eckhart zu sehen. „Eckhart! Schnell! Das Geld." Sie nestelt an ihrer Handtasche und lächelt verlegen erst die Kassiererin, dann die hinter ihr stehende Wartegemeinschaft an. Dann taucht er endlich auf, mit Halbglatze und roten Bäckchen sieht er aus wie ein beim Schummeln ertappter Schüler. „Das Geld? Ach so." Flink zückt er seine Brieftasche und gibt sie seiner Frau.

Eine kleine Episode, aber für mich das Ende eines nervenaufreibenden Einkaufs. Schließlich hat der geneigte Konsument in der Neustadt verschiedene Supermärkte zur Auswahl. Jeder hat irgendwo seinen Vorzug, so wechsle ich persönlich sehr häufig. Im Sparmarkt auf der Alaunstraße beispielsweise grüßt mich der Chef immer sehr freundlich, außerdem ist die Käsetheke gut sortiert. Im Plus auf der Königsbrücker Straße ist es schön billig, und im Konsum auf der Alaunstraße treffe ich jedesmal irgendwelche Bekannte. Das ist zwar prinzipiell ganz nett, nur verlängert es die Einkaufszeit gewaltig. So war es auch dieses Mal. Erst muss ich mich zwischen Möhren und Blattsalat über die Party des Vorabends unterhalten, dann treffe ich bei den Tütensuppen noch einen Kneipenwirt. Der lässt sich mal wieder lang und breit darüber aus, der Umsatz werde schlechter und schlechter. Normalerweise habe ich nichts gegen solche Gespräche und freue mich über die regen Kontakte im Viertel. Doch heute muss es schnell gehen, immerhin hab ich Hunger, und der Einkauf ist das Vorspiel zu einem herzhaften Essen.

Nun bin ich für die wenigen Zutaten, die mir noch fehlen, schon eine knappe halbe Stunde unterwegs. Da pralle ich voll Entsetzen auf die Kassenschlange. Clever die schnellere Kassiererin ausgemacht, da unterläuft mir ein strategischer Fehler. Nicht vorauszusehen das. Bis auf drei Positionen vor mir läuft alles glatt, doch dann ruft die Dame an der Kasse zu ihrer Kollegin: „Weißt du, was die Radieschen kosten?“ Die Ruferin springt auf und eilt zum Gemüseregal. Inzwischen wäre ich an der anderen Kasse dran gewesen. Der nächste Kunde ist fix abkassiert, auch bei der folgenden Frau scheint es keine Probleme zu geben, doch dann dieses verlegene Lächeln durch ihre randlose Brille ... Endlich komme ich an die

Reihe und darf meine Zutaten bezahlen. Prompt in diesem Moment öffnet die dritte Kasse, und die Letzten sind mal wieder die Ersten. Bleibt mir nur ein müdes Lächeln.

Handtaschenräuber geschnappt

Mai 2003

Aus und vorbei! Klack-Klack, rasten die Handschellen ein, der Übeltäter schaltet seine Miene auf harmlos. Auf solch dreist gespielte Unschuld fällt aber kein erfahrener Neustadt-Polizist mehr herein. Der eine reißt die hintere Tür des grün-weißen Wagens auf, der andere schubst den Mann mit dem noch immer unschuldigen Blick in diese Richtung. Wie üblich die demütigende Geste, der Polizist drückt den Kopf des Mannes nach unten und Kopf samt Mann in die „Bullenschaukel“ hinein.

Am Rande stehen die Opfer, im Vergleich zum Täter sehen die überhaupt nicht unschuldig aus, die scheinen sich ja diebisch zu freuen. Dürfen sie auch, immerhin haben sie ihre Handtasche mit reichlich Bargeld wieder. Wovon sonst hätten sie denn im benachbarten Biergarten ihre Getränke bezahlt?

Aber eins nach dem anderen. Zum Vorfall kam es am späten Abend. Auf der Louisenstraße rennt ein sehr athletisch gebauter junger Mann an mir vorbei und sieht sich etwas gehetzt um. In dem Moment taucht ein anderer Mann von der Seite auf. Die beiden prallen zusammen. Von hinten strömen weitere Menschen heran. Rufe ertönen: „Haltet den Dieb!", „Er hat meine Handtasche!" Wenige Meter vor mir bildet sich ein Knäuel, fast scheint es, als könnte dem athletischen Dieb –der wirkt jetzt weder unschuldig noch harmlos – doch noch die Flucht gelingen. Männerhände packen zu und drücken ihn gegen ein Auto. Verhaltenes Poltern, die Handtasche fällt runter. Einer löst sich aus dem Knäuel, zieht sein Handy, als wäre es ein Hightech-Funkgerät, und hat die Polizei auch gleich dran. Hilfesuchend schaut er sich um, jemand raunt ihm den Straßennamen zu. Sichtlich zufrieden, steckt er das Telefon ein und widmet sich erneut dem Knäuel. Das hat den Taschendieb weiter unter Kontrolle. Der Harmlose gibt auf, wie er an der Kreuzung Blaulicht blinken sieht, die Polizei biegt regelwidrig von der Rothenburger nach links in die Louisenstraße ein.

Das Ende vom Lied: Der Übeltäter sitzt ein, zwei Stunden ein, die Opfer haben was zu erzählen und die Polizei kann mit einem Blitzeinsatz brillieren.

Tretminen und vernebelte Gerüche

September 2003

Es ist braun. Es ist groß, riesengroß. Es stinkt. Und zwar gewaltig. Es ist ein Haufen Hundekot. Nein, ich bin nicht reingetreten. Glücklicherweise, denn meine Schuhe wären wahrscheinlich komplett darin versunken. Knapp konnte ich noch ausweichen, denn irgend so eine Promenadenmischung von Hund bedachte uns direkt vor der Haustür mit seiner pferdeäpfelgroßen Hinterlassenschaft.

Und wie das so ist bei frischen Häufchen, schon schwirren die ersten Fliegen drum herum. In der Hoffnung auf unseren eifrigen Hausmeister verlasse ich den Ort des Grauens. Doch einmal in Wut und Hundehass, mangelt es nicht an Folgeentdeckungen. Grob gesehen kommt auf zehn Meter ein Häufchen, mal größer, mal kleiner. Da vorne läuft gerade so ein potenzieller Haufenmacher mit Herrchen.

Unauffällig lasse ich die beiden vorbeiziehen und schleiche hinterher. Das Herrchen ist ein schlanker Bursche, mit dem würde ich schon fertig werden, und der Hund ist zwar recht groß, sieht aber friedlich aus. Wenn ich die beiden auf frischer Tat ertappe, schreite ich ein – nehme ich mir zumindest vor. Anschreien werde ich ihn und drohen: Das Tier bring ich um! Oder besser noch, ich stoße ihn mit der Nase in das frische Häufchen. Zwei Straßen weiter, nichts passiert. Da!, der Hund bleibt stehen. Das Herrchen mit ihm, denn seltsamerweise ist das Tier an der Leine. Hundchen entpuppt sich als Rüde, hebt das Bein und pinkelt an die Hauswand. Das muss reichen … nur, wo bleibt meine Wut? Statt Tiermord-Androhung werde ich nur noch ein grimmiges „Was soll denn das?“ los. Der Bursche guckt mich verständnislos an. „Na, dass dein Hund an die Hauswand pinkelt!“ Das sei gar nicht sein Hund, und so ein bisschen Pinkeln sei ja wohl nicht so schlimm, Tretminen jedenfalls fände er scheiße.

Ich protestiere noch müde, doch die Wut ist verrauscht, und die Pinkelei kann er schließlich schlecht wegräumen. Frustriert ziehe ich von dannen, dabei verspricht der junge Mann zum Schluss noch, künftig achtsamer zu sein. Auf dem Heimweg, die Sonne sticht wohl gerade besonders stark, habe ich plötzlich ein Vision: Die ganze Straße voll von Menschen, sie schreien unordentliche Hundebesitzer an und schimpfen sie aus. Die haben die Nase bald voll, und ihre Hunde dürfen sich nur noch auf eigens abgesperrten Wiesen entleeren.

Winterreifen, Nebenjobs und ein Kirschbaumbett

Januar 2004

Es ist ein Ort des Chaos: Wild verteilt hängen Zettel herum. Große und kleine. Rote, grüne, weiße, meist mit schwarzer Schrift. Manche schon etwas vergilbt, andere aus glänzendem und gestärktem Papier. Im Supermarkt auf der Alaunstraße am Schwarzen Brett. Das ist zwar überhaupt nicht schwarz, dafür kann es mit jeder Menge Informationen dienen. Wer will, deckt sich hier komplett ein. Was darf es sein?

Zuerst ein Auto, da hätten wir einen Ford für rund 2.000 Euro. Oder doch lieber einen billigeren BMW? Aber ach, der ist ja gar nicht fahrbereit! Na egal, die Winterreifen gibt es auch noch dazu, Marke „Ultra Grip“. Den wünschte ich mir für meine Schuhe auf den schlecht gestreuten Neustädter Fußwegen. Hm ..., oder erst mal ’ne Nummer kleiner? Statt dem Auto kann ich auch einen Kinderwagen haben, das sportliche dreirädrige Modell „Jogger“ soll nur 120 Euro kosten. Eine junge Frau mit auffallend dickem Bauch neben mir tippt die Telefonnummer dieses Angebotes in ihr Handy.

Die übergroße Mehrheit der Angebote am nicht schwarzen Schwarzen Brett sind Wohnungsanzeigen, egal, ob „suche“ oder „biete“. Doch was ist das? Da bietet jemand doch tatsächlich ein WG-Zimmer in der Johannstadt! Der will doch nicht ernsthaft Neustadt-Bewohner zum Abwandern bewegen? Na, wen das interessiert, der kann auch gleich das Bett in Kirschbaumoptik mitnehmen. Das sieht auf dem Foto so gruslig aus, am liebsten würde ich es auf der Stelle abreißen und wegschmeißen. Aber die Geschmäcker sind ja bekanntlich verschieden, und ich habe selbstverständlich auch nicht das Recht, dieses Gesamtkunstwerk zu verändern.

Dann, etwas versteckt hinter semiprofessionellen Wohnungsanzeigen, finde ich einen ganz traurigen Zettel. Da wurde jemandem in der Scheune offenbar der Rucksack gestohlen. Darin hatte er sein Notebook mit der Arbeit eines ganzen Jahres, und er will nun an des Diebes Gewissen appellieren. Mich beschleicht das Gefühl, auch dieser Zettel hilft hier wohl nicht viel.

Zuletzt fällt mein Blick noch auf einen kleinen grünen Zettel. Endlich die Gelegenheit, das nötige Kleingeld zu verdienen, um die ganzen anderen schönen Sachen kaufen zu können, ... als Naturheilkundler im Nebenjob.

Hasenjagd und bunte Eier auf dem Alaunplatz

April 2004

Ich will eigentlich nur mal kurz Luft schnappen, früh am Morgen ein bisschen über den Alaunplatz schlendern, vielleicht ein paar Schritte in die Heide. Doch dann kommt alles ganz anders. Schon vom Bischofsweg aus kann ich unzählige kleine braune Geschöpfe sehen, sie huschen über die Wiese und zaubern mir ein Lächeln ins Gesicht. In der Morgendämmerung ist weit und breit kein Mensch zu sehen, also schleich ich näher. Und ich kann die kleinen braunen Wesen genauer beobachten, die meisten mit winzigen weißen Punkten am Hintern, total puschelig.

Die Kleinen sind nur mit dem Hin-und-her-Geflitze beschäftigt, sie bemerken mich nicht einmal. In den langen Pfoten tragen sie kleine Bastkörbchen über die Wiese, um sie zwischen Grasbüscheln zu verstecken.

Das ist in dem hügeligen Gelände nun überhaupt kein Problem. Weil man die Hügel auf den ersten Blick noch nicht einmal sieht, lassen sich die kleinen Bastkörbchen dort besonders gut verstecken. Und schwups! ist's passiert, ich stolpere und lege mich der Länge nach hin. Der Grund meines Stolperns: ein paar grüne Eier. Grüne Eier im Gras, ist das nicht fies?! Noch ehe ich mich so richtig aufregen kann, geraten die kleinen braunen Kameraden um mich herum in Rage, sie fühlen sich ertappt und fürchten um ihr Geheimnis.

Einer der Schlappohren, er ist ein bisschen größer als all die anderen, hoppelt auf mich zu. Zwischen seinen Löffeln klemmt eine Brille, der ist hier wohl der Boss? Er fährt mich an, aber wie! Was ich hier zu suchen habe, und ob ich den Kindern am Ostersonntag die Überraschung verderben wolle. Ich stammele etwas von dem Kind im Manne und großer Neugier. Mit einem machtvollen Papperlapapp wischt er mein Gerede hinweg. Ich müsse ihm an Ort und Stelle schwören, kein Wort über die Verstecke zu verlieren. Ich sehe mich um, selbst beim besten Willen kann ich kein verstecktes Ei sehen, wie könnte ich dann etwas verraten? Das ist ihm vollkommen egal, ich soll schwören. Also hebe ich die Hand, spreize zwei Finger ab und schwöre bei meiner Neustadt-Ehre, ich wolle die Verstecke niemandem verraten.

Der Oberhase ist zufrieden und pfeift seine Truppen zusammen, in ein paar Stunden treffen hier Familien mit Kindern ein, dann darf kein Hoppelhäschen mehr zu sehen sein. Besser, ich verziehe mich dann auch.

Stunden später finden sich auf dem Alaunplatz tatsächlich noch zahlreiche Familien ein. Wenn ich sie Ostereier finden sehe, bin ich mir schon gar nicht mehr so sicher, war die Begegnung am Morgen vielleicht doch nur ein Traum?

Eingang zum Projekttheater

Dezember 2004

„Okay“, haucht sie so zart, dass wir kräftig unsere Ohren spitzen müssen. Doch der leise Hauch beruhigt, denn wir sind durstig. Mit einem Freund sitze ich in einer der geschichtsträchtigsten Kneipen der Neustadt, und ich habe richtig Lust, zu lamentieren. Über die Farbe, die Einrichtung und nicht zuletzt über die hauchende Kellnerin. Die hat sich inzwischen angeschlichen und setzt geräuschlos das erste der bestellten Biere ab. „Bitteschön“, weht mir die Höflichkeitsfloskel am Ohr vorbei. Neugierig drehe ich mich um und sehe, warum sie jedes Getränk einzeln bringt: Die Halblitergläser sind der Zarten so schwer, dass sie die Humpen nicht mit einer Hand hält.

Ich bin in Stänkerlaune, immerhin haben wir gerade das größte und wohl auch schönste Lästermaul der

Neustadt erlebt. Annamateur hatte im Projekttheater ihr „kristmäss–späschel“ gegeben, und nun sitzen wir hier, mit Durst vom vielen Lachen. Neue Gäste strömen herein. Das Kneipchen quillt fast über, und mein Blick fällt auf ein Schild an der offenen Tür. Soll die Aufschrift etwa der Kneipenname sein? „Eingang zum Projekttheater“, steht da schwarz auf weiß. Passt schon, bereits vor Jahren, die Kneipe ist damals eher eine Bar mit dem wohl besten Espresso der Stadt, gab es kein Namensschild. Aber jeder Stammgast weiß, hier ist Rinkas Café (ganz richtig: ohne Genitiv-Apostroph, es stand ja nirgendwo geschrieben!). Später entstehen wilde Gerüchte über Streitigkeiten zwischen dem Café-Betreiber und den Theaterleuten, Informationen sind rar. Herr Rinka jedenfalls packt seine Sachen und verzieht sich von diesem Ort.

Dann kommt Joschi. Er lässt die Bar fast so, wie sie ist, das Rot inspiriert ihn zu einem Namen: Herr Rosso und sein Hund. Der Espresso lässt ein wenig nach, dafür steigen die Preise, und es gibt kleine Leckereien für den Gaumen. Soweit, so gut.

Das kleine Café etabliert sich und brummt. Nun aber wollen es die Metha-Brüder, Joschi ist einer von ihnen, so richtig wissen. Sie schnappen sich das ehemalige Mona Lisa ein paar Häuser weiter und geben den Herrn Rosso auf. Das Mona Lisa floppt auch als „metha“, eine Mexiko-Restaurant-Kette folgt nach. Und Herr Rosso steht leer und leer. Fast das halbe Jahr 2004 hängt ein kleiner Zettel mit dem Hinweis, der Laden sei zu vermieten. Schließlich haben die Theaterleute Erbarmen, sie bauen den Tresen um und streichen das ehemals rote Kneipchen grün.

Und statt einer richtigen Bedienung gibt es nur dieses Mädchen, das lieber haucht, statt spricht. Soeben säuselt sie uns ins Ohr, das Fassbier sei leider aus. Was soll's, wir bleiben, denn am Nachbartisch steht Anna und gibt einer begeisterten Verehrerin Auskunft. Steigen wir eben um auf Flaschenbier, mit der Haucherin schwebt auch dieses zügig herbei. Einen Hauch später entlässt uns das Lokal, und wir schlagen uns vor Lachen auf die Schenkel. Was für eine Kneipe, welch ein Theater! Eine gelungene Mischung.

Das namenlose Kneipchen wird immer noch vom Projekttheater-Verein betrieben und heißt jetzt: „Kulturschutzgebiet".

Lungernde Punks und verdrängte Erinnerungen

Juni 2005

Genervt vom Stau, komme ich am Vormittag eilig aus der Stadt. Aber ich musste ja unbedingt wieder das Auto nehmen. Nun aber schnell rechts ran und einen Brief einstgesteckt, in den Kasten bei der Post auf der Königsbrücker Straße.

Ein Ruf. Das kann doch wohl nicht wahr sein, mein Spitzname von früher? Ein Spruch: „Du hast's ja wohl geschafft, Glückwunsch." Der Rufer deutet auf den Stern auf der Motorhaube meines Wagens.

Mir liegt was auf der Zunge, von wegen 14 Jahre alt und gebraucht gekauft, doch die Gestalt ist schon außer Hörweite und hat mit seinen zwei Hunden zu tun. Der Größe nach fressen die bestimmt mehr, als mein kleines Automobil an Unterhalt verschlingt. Gedankenverloren strebe ich weiter dem Briefkasten zu, wer war nur der dreiste Rufer? Wen müsste ich kennen, mit so langem Haar und einem Rock über der Hose im klassischen Hippie-Look?

Es braucht eine Weile, bis es mir wie Schuppen von den Augen fällt. Mit dem Typen wohnte ich eine Zeit lang im gleichen Haus. Die Haare trug er damals raspelkurz, und er musste sich verstecken, stieg er doch gerade aus der ostsächsischen Neonazi-Szene aus. Perfekte Verwandlung, denke ich. Hab ich mich auch so verwandelt?

Später, am Abend. Ich trotte die Alaunstraße lang und sehe Jugendliche, herumlungernde Punks mit wilden Frisuren, in Lederjacken und zerrissenen Jeans. Leise stöhne ich, gleich schnorrt mich wieder einer an. Mein Begleiter stupst mich an: „Sei mal nicht so intolerant, wer wohl lungerte hier denn früher herum?" Da muss ich aber lautstark protestieren! Damals, Anfang der 90er, standen hier noch keine Häuser, und wir lagen immer auf der Wiese. Unwesentlich zivilisierter. Zerrissene Jeans und Lederjacken? Hatten wir schon, vor 15 Jahren. Nur zum Schnorren, da war ich mir stets zu fein. Was also soll das mit dem Spruch. hab ich ja doch etwas geschafft?

Drogen, Knast und Gewalt. Manch Weggefährte aus vergangenen Tagen stürzte böse ab. Was bin ich jetzt froh, dass der Bursche vom Vormittag mich wiedererkannte.

City Cross

September 2005

Willkommen zur Rallye Monte Neustadt! Zehn Hochleistungsbiker treten an, wollen sich in der brandneuen City-Cross-Disziplin die ersten Lorbeeren holen. Ähnlich wie beim Cross-Golf erobern sich die Sportler hier die Städte zurück, die Route ist anspruchsvoll.

Startpunkt vor dem Café Kästner in der Alaunstraße: Breitreifen mit groben Stollen, verstellbare Federgabeln – die Biker scharren mit den Hufen. Der Startschuss fällt, und die Truppe rast los, das erste Stück ist gleich eine Sprintstrecke. Ebener Asphalt und eine für hiesige Verhältnisse recht breite Fahrbahn erlauben ein rasantes Tempo. Einziges Risiko sind querende Fußgänger. Doch alle zehn Fahrer kommen gut durch.

An der Kreuzung zur Louisenstraße biegt die Route scharf nach rechts ab, das Terrain wird schwieriger.

Tiefe Löcher und gefährlich loser Straßenbelag führen zu ersten Stürzen, doch noch verletzt sich niemand, und alle können weiterfahren. Kurze Zeit später erreichen die ersten die Rothenburger Straße. In tiefer Verachtung dem Stoppschild gegenüber rasen sie über das Kopfsteinpflaster, das Feld zieht sich schon weit auseinander. Der zweite Teil der Louisenstraße ist etwas für Kenner, das Pflaster am Rand lässt sich leichter befahren, kostet weniger Kraft. Dafür ist das Risiko höher. Und tatsächlich, plötzlich fliegt eine Autotür auf, der erste im Feld weicht aus, verliert dabei die Kontrolle und schlittert mit dem Bike geradewegs in eine Frühstücksrunde vorm Blumenau. Der Rest rast weiter.

Am Ende der Straße biegt das Feld nach links in die Prießnitzstraße ein. Jetzt wird es ganz schwer, mal Sand, mal lose Kieselsteine. Zum Glück stehen rechts und links schwere Gitter. Doch was ist das? Eines der Gitter steht quer auf dem Weg, mehrere Fahrer kriegen die Kurve nicht, hechten kopfüber in einen Sandhaufen. Das Feld ist nun schon stark dezimiert. Die Straße wird besser, da naht schon die nächste Überraschung. Nach links in den Bischofsweg eingebogen ... Da steht nicht nur ein Gitter quer, sondern gleich ein halbes Dutzend! Im Slalom müssen sich die Fahrer ihren Weg bahnen. Und es gibt einen neuen Spitzenreiter: Das Bike über die Schulter geschwungen, überwindet der clever die Barrieren zu Fuß. Doch zu früh gejubelt, in Höhe der Kamenzer Straße springt der Vorreiter wieder aufs

Rad und kracht gegen ein Baustellengerüst mit Tafel. Laut Aufschrift sind die Bauarbeiten hier seit Monaten beendet.

Es geht auf die Zielgerade auf dem Alaunplatz zu. Ein einziger Fahrer ist noch unterwegs, sichtlich mitgenommen. Das schicke Trikot hängt in Fetzen herunter, und das teure Bike ist wohl Schrott. Völlig geschafft, schleppt sich der Sieger ins Ziel.

After-Rallye-Party, ein paar Stunden später. Vor Augenblicken noch wie tot, nun wieder frohen Mutes, strahlt jeder: „Im nächsten Jahr bin ich wieder dabei!"

Parken, Kitas und ein Supermarkt

September 2006

Der Neustädter an sich ist schon etwas eigen. Das war mir nicht neu, aber bei zwei Veranstaltungen neulich hat er sich selbst übertroffen. Da lädt die Neustädter CDU um Frontmann Patrick Schreiber zum bewegenden Thema „Parkraumbewirtschaftung" in die Scheune in den großen Saal ein. Damit auch ordentlich Leute kommen, hängen überall im Viertel Plakate. Zwanzig, dreißig haben hergefunden. Die übrigen suchen vielleicht gerade einen Parkplatz. Nun ja.

Wenn also das Parken in der Neustadt insgesamt schon keinen interessiert, dann wohl erst recht nicht ein Parkhaus an der Kamenzer Straße. Doch weit gefehlt, etliche Dutzend Menschen drängen sich im überhitzten Raum der Schule auf der Görlitzer Straße. Der Chef vom Stadtplanungsamt kommt schon ins Schwitzen, noch bevor er mit der Vorstellung seines neuen Projektes beginnt. Das nenne sich nun nicht mehr Parkhaus, sondern Parkhaus mit Supermarkt und Wohnungen. Oder noch besser, mit einer Kindertagesstätte. Damit hat der Mann den geballten Neustädter Frust gegen sich. Frauen mit Kindern auf den Armen und unrasierten Achselhöhlen sind empört. Und ich völlig verwirrt.

Ist der Bau des Parkhauses nicht längst schon beschlossene Sache? Und knattern dann nicht statt 244 parkplatzsuchenden Autos nur noch 114 die Kamenzer entlang? Ach ja, der Supermarkt braucht ja auch Laster, die ihn beliefern, und dann wird es ja noch lauter. Und wenn die Kamenzer zur Einbahnstraße wird, schrammt der Laster ja auf der Lutherstraße über den Bordstein. Na, das ist natürlich alles ganz fürchterlich. Außerdem macht der neue Supermarkt, vom Konsum ist die Rede, die umliegenden kleinen Händler kaputt. Welche Händler eigentlich? Der einzige kleine Lebensmittelladen, den es noch gibt, ist der an der Frühlingsstraße und ja wohl weit genug weg. „Kraut und Rüben" fährt auf der Öko-Schiene und bekommt durch den Konsum eher Zulauf, wie Mustafas Gemüseladen ein paar Häuser weiter sicher auch. Auf der Alaunstraße jedenfalls sind sich Supermarkt und Gemüseladen durchaus grün.

Einige junge Frauen drängen nach vorn und halten ein Transparent hoch, mit rotem Klecks auf viel Grün. Sie wollen gar kein Parkhaus, keinen Supermarkt. Lieber eine Wiese mit einer Kindertagesstätte und einem, wie sie es nennen, Quartiersplatz – zum Raumergreifen. Bei Quartier muss ich immer an Kasernen denken, nö, dann doch lieber Autos.

Wieder dabei: CDU-Stadtrat Schreiber. Bei einer ordentlichen Menge gegen sich läuft der zu Höchstform auf, beschwört Demokratie und beschwert sich. Irgendwer habe doch ein CDU-Werbeplakat missbraucht, um Stimmung zu machen gegen das Parkhaus, oder was auch immer an der Kamenzer Straße entstehen soll. Nun, Herr Schreiber hat sich ordentlich in die Nesseln gesetzt. Womöglich mit heilender Wirkung?

Das Parkhaus wurde gebaut, Mustafa verkauft noch immer Obst und Gemüse, die Kindertagesstätte und die Garage sind gut ausgelastet.

Ein ganz normaler Abend

März 2007

Freitagabend. Die Neustadt ist voll. Die Alaunstraße verstopft mit Autos, irgendwas muss da unten wohl los sein. Ich sehe einen Polizeibus quer auf der Straße stehen. O weh, es gibt doch wohl nicht wieder Krawalle?

Als ich unten bin, ist die Polizei schon wieder weg. Nichts brennt, Jugendliche stehen in Scharen auf den Wegen und der Straße, die liegt voller Scherben. Eben ein ganz normaler Freitagabend.

Im Spätshop vom Ararat drängen sich die Kunden vor vollen Bier-Regalen. An die Tür hängte der Betreiber zwar die Selbstverpflichtung der Initiative Neustadt zum Ausschank-Verzicht, doch ausgeschenkt wird munter weiter. Zwei junge Burschen, sind die schon 16?, bekommen ihren „Kleinen Feigling“. Nach einem Ausweis fragt der Verkäufer nicht.

Draußen auf der Straße geht unterdessen das wilde Treiben weiter. Ein paar Jungs, nach meinem Laienverständnis würde ich sie Skinheads nennen, zünden eine Bio-Tonne an, die fackelt auf kleiner Flamme vor sich hin. Ein junger Bursche mit Basecap löscht entschlossen das Feuer. Dafür handelt er sich wilde Beschimpfungen und Kopfstöße ein, doch der eher schmächtige Typ ist nicht unterzukriegen.

Ein paar Meter weiter funkelt ein über und über mit Piercings Bespickter böse mit den Augen, den Kopf leicht gesenkt. Fehlt noch, dass er mit den Hufen scharrt. Mit wilden Gesten treibt er einen jungen Mann in grünem Pullover vor sich her. Eine junge Frau schreit hysterisch, der Grünpulloverte sei ein Zivil-Polizist. Ein Glatzkopf, etwas beleibter, fasst den Bepiercten am Arm. Der eben noch wilde Stier ist auf einmal lammfromm und lässt den vermeintlichen Zivil-Polizisten ziehen.

Im selben Moment heult ein Motor auf, Bremsen quietschen. Ein Auto will die bevölkerte Straße entlang und versucht es auf die wohl unsinnigste Variante. Mehrere Burschen und auch Mädchen strömen nun direkt vor das Auto. Fahrer und Beifahrer steigen aus. Es riecht nach einer riesigen Schlägerei. Wieder ist der Feuerlöscher von vorhin da, und alles endet friedlich. Der Junge mit dem Basecap zieht die Leute von der Straße, und das Auto kann durch. Auch der beleibte Glatzkopf greift regelnd ein.

Nun hab ich aber auffällig lange vor dem Ararat gestanden, mein schütteres Haar macht mich wahrscheinlich verdächtig. Neben mir wird getuschelt, man starrt mich seltsam an. „Das ist doch auch ein Zivi!" Also, ich verzieh mich jetzt lieber.

Nachdem die Polizei mehrfach massiv vor Ort war und schließlich immer ein wachsames Video-Auge auf den Scheune-Vorplatz richtete, blieben die Feuerchen aus. Mit dem Auto sollte man sich in den Abendstunden auch weiterhin nur in Schrittgeschwindigkeit auf die Alaunstraße wagen.

Spießer-Viertel Neustadt?

Januar 2009

Was ist los mit dem Viertel? So schoss es mir neulich durch den Kopf, als ein paar junge Burschen extra die Bar verließen, um sich einen Joint reinzuziehen. Die Neustadt, oft geschmähter Schmutzfleck auf der weißen Weste der Landeshauptstadt, bald ein Vorzeige- und Spießerviertel?

Die Anzeichen sind deutlich.

Gestern berichtet die Polizei stolz von der Verhinderung einer wilden Plakataktion. Am Abend sehe ich mit eigenen Augen, wie die strengen Augen des Gesetzes ein verbotswidrig abbiegendes Auto anhalten. Ein Bericht kommt mir zu Ohren, Gleiches sei einem ohne Licht fahrenden Radler auf der Görlitzer passiert. Die Neustadt, das Saubermann-Viertel? Die Leutchen vom Neustädter Kreis wird es freuen. Dabei fällt mir auf, ich latschte bestimmt schon seit zwei Jahren nicht mehr in die Sch... So schön, so blitzblank.

High-Tech durchzieht das Viertel, Videokameras nehmen Straftäter und Head-Shop-Besucher ins Visier. Neuerdings bleiben die Leute an der roten Ampel an der Rothenburger/Ecke Louisenstraße sogar stehen. Und ich darf mir Vorwürfe anhören, von wegen Vorbildwirkung und so.

Ist das noch mein Viertel? Als ich hier vor knapp 19 Jahren das erste Mal auftauchte, hatte die Görlitzer noch den Spitznamen Allee, wegen der vielen Bäume in den Dachrinnen. Wohnungen und Häuser wurden einfach besetzt. Die Kneipen waren verraucht und die Straßen gepflastert. Heute gibt es Pflastersteine fast nur noch auf Fußwegen, weil sie dort so schön aussehen. Der Rest wird asphaltiert, alles schön leise jetzt. Aber klar, wenn man für eine Wohnung im Nobel-Viertel bis zu sieben Euro pro Quadratmeter ausgibt, will man auch seine Ruhe haben. Was kommt als nächstes? Nach dem Bierausschankverbot vielleicht eine Sperrstunde, damit auch Vorderhausbewohner pünktlich um 23 Uhr ihre Äuglein schließen können. Wird die Scheune bald zum Fitness-Center für Singles? Und wann eigentlich werden die Punks endgültig nach Pieschen verscheucht?

Fünf Jahre später wären sieben Euro Miete je Quadratmeter noch billig, der Preis ist auf einen Durchschnitt von acht Euro hochgeschnellt.

Mit rosa Schirm durchs Viertel

März 2010

So ein kleiner Spaziergang durch die Neustadt ist ja immer gesund. Zum einen kann ich die müden Knochen aus dem Büro bewegen, zum anderen komme ich mal an die Luft. Die Notdurft eines mittelgroßen Kalbes, das eigentlich ein Hund sein will, sticht mir vorm Haus in die Nase, aber darüber rieche ich heute hinweg.

Mein Ziel ist das Schirmfachgeschäft von Rolf Lippke auf der Königsbrücker Straße. Der kleine Laden logiert in dem Haus, das Ausbau-Fanatiker am liebsten der vierspurigen Schnellstraße opfern wollen. Herr Lippke ist ein eifriger Schirmreparateur. Den Schaden an meinem kleinen rosa Dingelchen mit Katzenmotiv behebt er in kurzer Zeit. Schon wieder im Gehen fällt mein Blick auf ein Buch, „Seitenwege" heißt es, und Anne Ibelings hat es gemacht. Eine Entdeckung voller herrlicher Bilder über die kleinen Orte, die kaum einer kennt, auch Herrn Lippkes Laden. Zu haben sei es im Buchladen auf der Louisen-/Ecke Alaunstraße, sagt mir der Meister. Na ja, ich notiere mir lieber Titel und Verlag.

Nun aber weiter, so lange sollte die Pause gar nicht werden, auf der Königsbrücker Straße ist die Hölle los, Autos und Straßenbahnen poltern an mir vorüber. Oben auf dem Bischofsweg treffe ich Torsten Israel, ehemals Stadtratskandidat und immer noch bekennender Spätshop-Besitzer. Er blafft mich an, aber nicht wegen meines kitschigen Schirmes. Ich würde doch jetzt Motorrad fahren und das fände er ziemlich prollig. Da bleibt mir glatt die Spucke weg. Ich eile weiter, auf dem Alaunplatz hat das bunte Treiben schon wieder begonnen und vorm Softeis-Laden ist die Schlange länger als beim Café Lösch in Striesen.

Fast bin ich am Ziel, da stolpert ein winziger Junge auf mich zu: „Da, da, da!“, zeigt er auf meinen Schirm. Na endlich wundert sich mal jemand über das rosarote Dingelchen mit dem süßen Katzenmotiv.

Das Schirmfachgeschäft auf der Königsbrücker Straße gibt es inzwischen leider nicht mehr, 2013 verlegte Rolf Lippke sein Geschäft nach Berlin.

Mitten ins Gesicht

Mai 2014

Die Tür geht auf. Drei Kerle wie Schränke stapfen herein. Finstere Blicke. Nur an meinem Tisch in der Kneipe sind noch ein paar Plätze frei. Sie fragen nicht. Sitzen schon. Lachen. Der lauteste und brutalste nimmt meine Zigaretten. Fischt sich eine heraus und wirft mir die Schachtel an den Kopf. In einem Anfall von Waghalsigkeit schleudere ich sie zurück auf den Tisch. Großer Fehler!

Der Typ schnaubt vor Wut, erinnert mich an einen Stier. Die Tätowierung am Hals pulsiert. Mit einem Ruck springt er auf, der Stuhl fällt polternd in den Gang, greift sich meinen Bierhumpen und schüttet mir den Inhalt mitten ins Gesicht. Gleich landet dort wohl auch eine seiner Fäuste.

In den frühen 1990er Jahren gab es in der Neustadt eine Reihe rustikaler Kneipen. Die Konzertklause auf der

Alaunstraße gehörte definitiv dazu. Heute werden dort im Boys Cocktails serviert. Ich liebte die Klause, mehr als die benachbarte Happeldiele oder die Goldquelle auf der Alaunstraße weiter unten. Schon der Wirt machte optisch eine Menge her. Ein vierschrötiger Kerl, immer im Lederkittel. Beim Bierzapfen legte er die Stirn in einer unnachahmlichen Art in Falten. Aufs Höchste konzentriert, damit er auch ja keinen Tropfen verschwendet. Der alte Kellner! Zwar nicht der Schnellste, aber immer korrekt in Weste und weißem Hemd. Er kannte alle Gäste, wusste, was sie trinken. Kaum dass ich saß, hatte ich mein Pils schon am Tisch. Und das Schnitzel mit Bratkartoffeln ... preiswert und schmeckte immer.

Ich liebte die Klause aber auch wegen der Leute, die dort waren. An einem großen, runden Tisch spielten fast jeden Abend fünf Frauen, alle weit über die Fünfzig, Rommé. Die eine kam jedesmal etwas später, da stand ihr Bier schon auf der Heizung. „Meinem Magen bekommt dieses kalte Zeug einfach nicht", versuchte sie stets zu erklären. Am gegenüberliegenden Tisch saßen die schweren Jungs, deren Gesichtszüge eine bewegte Vergangenheit verrieten. So, wie die schlichten Tattoos und die Narben an den Armen. Auch die Neuzugezogenen, die Studenten, die Hausbesetzer, alle kamen – und zumeist gut miteinander aus. Bis zu eben jenem Abend zu Christi Himmelfahrt.

Nun erhebe ich mich auch. Ich triefe. Der Typ steht mir gegenüber. Doppelt so schwer und bestimmt dreimal so groß. Ich zittere, vor Wut und Angst. Langsam schiebe ich mich an der Wand lang, gehe nach hinten zum Tresen, bestelle ein neues Bier. Der alte Kellner hat alles mitbekommen, meint ganz ruhig „Warte mal hier!“ und geht gemächlich nach vorne. Ganze drei Worte sagt er, als er an dem nassen Tisch anlangt. Die Kerle stehen auf und verschwinden. Ich krieg ein neues Bier und mein Schnitzel, die Klamotten trocknen langsam.

Bis heute habe ich keine Ahnung, wie es dem kleinen alten Kellner gelang, mit wenigen Worten die brutale Meute aus der Kneipe hinauszukomplimentieren.

Bühne am Bermuda-Dreieck

August 2011

Es ist Abend. Mit einem Freund stehe ich vor einer Kneipe im Bermuda-Dreieck. So wird die untere Görlitzer Straße inzwischen genannt. Wenn sich an den Wochenenden hier die Massen tummeln, geht schon mal der eine oder andere Party-Gast verloren. Doch heute haben wir Montag. Draußen ist es schwül-warm, drinnen nicht auszuhalten. Schon allein vom Dekolleté der Kellnerin wird's einem unerträglich heiß. Halten wir uns also lieber im Freien an unser kühles Glas Bier. Zudem hat das Draußenstehen einen weiteren, unschätzbaren Vorteil: Man kann beobachten. Kleine Schaubühne Bermuda-Dreieck.

Großer Auftritt. Ein mattschwarzes, schweineteures Coupé rauscht heran. Alle Vorschriften ignorierend, platziert der Fahrer den Wagen am Straßenrand; soll die

Bahn doch sehen, wie sie vorbeikommt. Lässig, aber leicht o-beinig, schlendert er über die Straße. Das gegelte Haar fällt fettig auf das weiße Hemd, dass seine jugendliche Bräune betont. Vorm Continental stoppt er, überblickt die Kreuzung. Sein Blick will sagen: „Das ist mein Revier“. In dem Moment stoppt ein poppiger Kleinwagen mit rotem Verdeck. Die Dame am Steuer parkt direkt vor dem Mattschwarzen. Heraus stolpert ein hektisches Mädchen mit zu viel Kram unterm Arm.

Mein Begleiter stupst mich an: „Die gehört zu dem, wetten, der geht ihr keinen Schritt entgegen?“ Sie tapert über die Straße, zielstrebig auf den Gebräunten zu, und tatsächlich: Er rührt sich keinen Millimeter vom Fleck. Zur Begrüßung gibt’s ein kleines Bussi, er schafft es noch nicht einmal, die Hände aus den Hosentaschen zu nehmen. Gemeinsam treten sie ab.

Wir nehmen noch ein Bier und sind uns einig: Stil ist offenbar keine Frage des Kontostands. Während wir noch lästern, spielt auf der Bühne schon das nächste kleine Stück.

Nachschlag zum Bermuda-Dreieck

August 2011

Es ist Abend. Ich stehe wieder mit dem gleichen Freund vor der gleichen Kneipe im Bermuda-Dreieck. Er feixt und findet meine Zeilen vom Vormittag ausnahmsweise gelungen. Rauscht ein poppiger Kleinwagen mit rotem Verdeck heran. Wir stupsen uns an, das ist doch …

Tatsächlich. Der gleiche Wagen. Nur hat die Frau diesmal keinen Kram unterm Arm, und der schnieke Begleiter sein mattschwarzes Coupé vergessen. Mein Begleiter grinst: „Der führt sie jetzt zum Essen aus – in die Kantine Nr. 2." Als die beiden tatsächlich in dem Schnellimbiss verschwinden, können wir uns beide vor Lachen kaum noch halten und verschütten das schöne Bier.

ALTESTELLE
Louisenstraße
13
16
SIKER
SE!
12

Die Leiche von der Sebnitzer Straße

September 2013

Es klingelt Sturm. Dann hämmert eine Faust gegen die Tür. Ich krame nach meinem Wecker, erst kurz nach sieben. In meinem Zimmer hängen noch dichte Wolken Tabakrauch, habe wohl mal wieder vergessen, das Fenster zu öffnen. Das Hämmern wird lauter. Dann ein Knacksen und Krachen, eine Tür gibt nach. Geschwind werfe ich mir einen Pullover über, die Jeans habe ich praktischerweise noch an. Ich stürze zur Wohnungstür. Erleichterung, die ist noch ganz. Aber draußen rumort es. Als ich nachschaue, sehe ich gut ein halbes Dutzend Männer in Schutzanzügen, die Tür zur Nachbarwohnung ist eingetreten. Aus der dringt ein extremer Geruch. „Gehen Sie wieder zurück in Ihre Wohnung", herrscht mich einer an. Ich verziehe mich und spähe durch den Türspion. Eine Bahre wird aus der Wohnung getragen. Männer mit großen Gasbehältern treten ein, der Totenkopf grinst aus dem Symbol für Gift. Ich reiße die Tür auf und fliehe aus dem Haus.

Meine Nachbarin. Tot. Und keiner bekam etwas mit. Ich hatte die Dame vorher vielleicht ein-, zweimal gesehen. Die Tür war immer zu, und ein muffliger Gestank hing sowieso im ganzen Haus.

1992 wohnte ich mal für ein paar Monate in der Sebnitzer Straße, in dem großen etwas zurückgesetzten Block, ein Spielplatz ist jetzt dort gegenüber. Es war mein erstes legales Zimmer in der Neustadt. Ein Freund bekam die Wohnung von der Stadt zugewiesen und wollte dort eine Dreier-WG installieren. Für mich blieb ein Zimmerchen von etwa neun Quadratmetern mit Fenster zum Innenhof. Der Hausflur war düster, der winzige Innenhof auch. In den Sommermonaten hatte ich von 11 bis 1 Uhr mittags Sonne im Zimmer. Der schummrige Hausflur schien gerade danach zu schreien, nicht mehr benötigte Dinge dort abzustellen. Alte Waschmaschinen, Fernseher und Kühlschränke stapelten sich übereinander. Als der Müllplatz nicht mehr reichte, expandierte er einfach in den Innenhof. Der war, als ich auszog, bis zur Oberkante des Erdgeschosses gut gefüllt. Auch ein Grund, warum ich damals das Fenster lieber geschlossen hielt.

Zurück zum Einsatztag der Schutzanzug-Truppe. Zwei, drei Stunden später komme ich zurück. Die Männer scheinen fertig zu sein. „So eine Schweinerei habe ich auch noch nicht erlebt", sagt einer. Die alte Frau muss offenbar geistig verwirrt gewesen sein. Statt unsere gemeinsame Toilette im Hausflur zu benutzen, hatte sie dafür eines ihrer Zimmer gewählt. Der Fäkalienhaufen muss unvorstellbar gewesen sein. Weil es durch den Fußboden in die Wohnung darunter tropfte, wurde der Einsatztrupp gerufen. Und der fand die Leiche der Frau.

Mir reichte es dann auf der Sebnitzer Straße, ich packte meine Sachen und zog um. Zum Glück wurde in der Louisenstraße gerade ein Haus besetzt. Aber das ist eine ganz andere Geschichte.

Wenn die Klotür klemmt

Dezember 2013

Mit einem lauten Knarzen gibt die Tür nach. Mich gähnt ein winziger Raum an: nackt und kalt. In der Mitte steht ein steinernes Klo ohne Brille, dahinter ein kleiner Laubhaufen. Es raschelt. Ich ahne es und bin doch erschrocken. Eine riesige dunkelbraune Ratte springt zwischen meinen Beinen durch und verschwindet im Hausflur. Ich nehme einen Besen zur Hand, schiebe das Laub zur Seite und bin froh: kein weiteres Getier. Mit einem ordentlichen Ruck bekomme ich eine winzige Luke auf, die den Namen Fenster zu Unrecht trägt. Immerhin, die Scheibe ist noch ganz. Über dem Klo ein Spülkasten, sogar eine zierliche Kette hängt noch dran. Ich zupfe vorsichtig, oben klappert es nur trocken – Wasser? Fehlanzeige. Anfang der 1990er Jahre zog ich mit Freunden auf der Louisenstraße ein,

Dreisterweise, denn es gehörte nicht uns. Als die wohl merkwürdigsten Hausbesetzer der Welt hatten wir zuvor einen Verein gegründet und an die Stadt geschrieben, wir wollten dort gern ein Wohnprojekt etablieren. Mit sozialen und kulturellen Aspekten. Die Stadtverwaltung zeigte kein Verständnis für unser Anliegen und lehnte ab. Das war für uns Aufforderung zum Handeln. Immerhin: das Haus stand leer und verfiel so vor sich hin. Also packten wir unsere Sachen, hängten ein Transparent aus dem Fenster und zogen ein. Nun hat der Mensch gelegentlich gewisse Bedürfnisse. Was dazu führte, besagte Tür aufzustemmen.

Nach einer kleinen Weile ist das stille Örtchen ausgefegt, und in Gedanken bin ich schon beim Eisen-Feustel, der wird doch auch Klobrillen führen? Doch zuvor erst mal die Schüssel bestiegen und in den Wasserkasten geschaut. Blöde Idee! Ich klappe den Deckel hoch, ein zweiter Vierbeiner springt mir entgegen und mit ihm eine endlose Menge Staub. Ich taumele und stürze vom Klo. Und das in völlig nüchternem Zustand. Ich sammle meine Knochen zusammen, steht da ein Mitbewohner an der Tür. „Wie wär's denn mit 'ner Leiter? Und übrigens, der Wasseranschluss ist im Keller, wir müssen nur noch eine Leitung legen."

Das Nur-noch-eine-Leitung-Legen ging dann auch ganz fix. Nach ein paar Tagen waren wir Hausbesetzer mit Klo. Für die anderen Belange der Hygiene gab es das Nordbad in unmittelbarer Nachbarschaft.

Kopulation im Reinigungsbad

März 2014

Er stöhnt. Sie schreit. Es rumpelt und poltert. Der Bademeister verdreht die Augen, geht nach hinten, hämmert mit der Faust gegen die Tür. Mit gewaltiger Stimme dröhnt er: „Macht hinne, hier wollen noch andere ins Bad." Sie seufzt noch einmal laut auf, und im Warteraum kichern die Gäste. Wenig später klappert die Tür. Ein schlaksiger Typ mit Zottelhaaren stapft heraus, das Badetuch locker um die Hüfte gebunden, die Schürstiefel offen. „Warte doch!", ruft sie und eilt ihm hinterher, die Jeans noch auf halb acht, die Haare voller Badeschaum und seine Klamotten auf dem Arm. Die frisch Versexten müssen an uns vorbei, wir sitzen Spalier und tuscheln.

Als ich im Jahre 1991 in die Neustadt zog, starrten mich Kollegen und Verwandte entsetzt an. In das Assi-Viertel? Zu den Verbrechern und Suffköppen? Hätten die nur gewusst, wie sehr mich ihre Reaktionen in meiner Entscheidung bestärkten. Keine Minute habe ich es bereut, die luxuriöse Wohnung im elterlichen Plattenbau aufgegeben zu haben. Für das Problem mit dem fehlenden warmen Wasser gab es im Nordbad eine perfekte Lösung. Die Badehalle selbst war damals noch eine Ruine, aber im Hinterhaus der Louisenstraße 48 befand sich ein sogenanntes Reinigungsbad. Für kleines Geld gab es hier Duschen und Badewannen, stets frischen Kaffee und Bademeisterinnen und Bademeister von unterschiedlicher Strenge.

Der Meister des Wischtuches tilgt die Spuren der Leidenschaft, wir frotzeln aufgeregt weiter. Mein Nebenmann raunt mir zu, „den halbnackten Burschen hat man hier diese Woche schon mit drei verschiedenen Damen gesehen!“ Was die Mädels an diesem dürren Kerl nur finden? Ehe ich darüber ins Grübeln komme, reißt ein Ruf mich aus meinen Gedanken. „Die nächste Dusche ist frei“, tönt es. Ich stelle meine Tasse zurück und eile. Zwanzig Minuten hätte ich zwar regulär, aber bei so großem Andrang will ich mich lieber sputen. Ein herber Duft schlägt mir entgegen, wie von Moschus und Alkohol. Nein, ich will jetzt nicht an den großen, behaarten Bauarbeiter denken, der mir im Gang entgegenkam.

Neun Minuten später. Ich werfe mir die Klamotten über, und nun bin ich es, der am Spalier der Wartenden vorbeistolziert. „Ich bin sauber und ihr nicht“, klingt es mit jedem Schritt. So gestählt, bin ich gerüstet für die Abenteuer der Neustadt.

Die Straßenbahnstreichler

Mai 2014

Montagabend an der Kreuzung Görlitzer / Louisenstraße, in aller Munde nur „Assi-Eck". Ein junger Bursche, er torkelt die Gleise entlang, vor der Straßenbahn her. Die zuckelt ihm nach, in halber Schrittgeschwindigkeit. Er bleibt stehen, reißt die Arme hoch. Große Geste und Gruß, nach allen Seiten. Ruhm für Sekunden, dann weicht er zur Seite. Das stachelt die am Boden Sitzenden an, die nun meinen, sie müssten die vorbeikriechende Bahn auch noch streicheln und tätscheln.

Ich stehe daneben, denke an meine verflogene Jugend. Damals nannten wir die Kreuzung „Meinel-Eck" wegen des Musikhauses. Nur mit einer Kiste Bier auf den Fußweg stehend, fühlten wir uns schon wild. Heute ist man offenbar extrem uncool, wenn man bloß seinen Hintern auf dem Fußweg platziert. Harte Kerle und taffe Mädels strecken ihre Beinchen munter auf die Straße. Bleibt ihnen zu wünschen, dass die anderen extrem coolen Buben in ihren tiefergelegten PS-starken Schleudern immer schön in der Mitte der Fahrbahn ihre Reifen versengen.

Das Straßenbahnstreicheln wurde zum großen Sommerthema, nachdem man bei der Verkehrsgesellschaft laut darüber nachdachte, die Neustadt zu meiden. Zum Ende des Sommers verteilten Ordnungshüter dann Knöllchen an Bordsteinsitzer, und der Herbst vermieste ihnen die Stimmung.

Verflixt und zugenagelt

Juni 2014

Was hämmert denn da? So viel hatte ich doch gar nicht getrunken. Das Pochen in meinen Ohren will nicht aufhören. Mühsam schraube ich mich aus dem Bett. Der Ofen ist mal wieder aus, und die Kälte zieht mir in die Glieder. Das Pochen wird lauter, ich klinke meine Zimmertür auf.

Der Flur in Festbeleuchtung, einer meiner Mitbewohner sitzt auf dem Boden. Er hat einen Stapel Bretter vor sich liegen, etliche Nägel im Mund und einen Hammer in der Hand. Im Zimmer hinter ihm rauscht eine Party.

Wir schreiben einen grauen Novembertag des Jahres 1991. Mit ein paar Freunden bewohne ich seit einem Weilchen meine erste Neustadt-Wohnung. Auf solche Kleinigkeiten wie einen Mietvertrag oder einen angemeldeten Stromzähler legen wir keinen gesteigerten Wert.

Schließlich sind wir jung und haben kein Geld. Oder besser gesagt, das Geld brauchen wir für sinnvollere Dinge wie diverse Partys und deren hochprozentiges Zubehör. Zu der Wohnung gehört eine prima Küche, selbst der Gasherd funktioniert. In den Wirren der untergehenden DDR waren die Vormieter wohl gen Westen geflohen, ihr ganzes Geschirr ist noch da. In den ersten Wochen bekommen wir dementsprechend ständig Besuch, gekocht wird täglich. Auch fließend Wasser ist vorhanden, doch nach dem dritten Reinigungsakt verlässt uns die Lust.

Nun, die Küche ist wirklich ziemlich groß. Und irgendwer schleppt immer auch neues Geschirr heran. Einmal würden wir das alte schon wegräumen. Doch es kommt anders.

„Komm, fass mal mit an, du bist doch immer so für Ordnung“, grinst mich mein Mitbewohner mit riesengroßen Pupillen an. Ich gebe zu, in den vergangenen Wochen sprach ich mich immer mal wieder für Aufräumen aus. Aber so? Ich bin sprachlos. und ohne zu widersprechen schnappe ich mir ein Brett. Er setzt den nächsten Nagel an und schlägt zu. Eine halbe Stunde später ist die Küchentür komplett zugenagelt.

„Warum?“ – erst jetzt wird mir der Wahnsinn bewusst. „Dahinter fing es an zu leben – und du willst die kleinen Tierchen doch nicht etwa in deinem Bett haben, oder?“ Breit grient er mich an. Ich habe nichts mehr zu sagen.

Ein paar Wochen brauche ich noch, um mich endgültig aus der Wohngemeinschaft zu verabschieden.

Danke

Zuallererst mal vielen Dank an mein geliebtes Weib, die mich in dem Projekt immer wieder bestärkte. Dann geht ein dickes Dankeschön an Christoph, der mir ständig neue Ideen und Kooperationspartner vorschlug. Danke an Andre für das Lektorat, die vielen Tipps und den Kontakt zur Druckerei. Danke an Klaus für das Layout und die Hilfe bei der schweren Geburt des Titels, an der auch Hendrik und Peter mitwirkten. Danke an Michael für die Titelzeichnung. Danke an Franz und Gregor, die mir in frühen Tagen die Leviten lasen. Danke an Thomas B., ohne den es das Neustadt-Geflüster nie gegeben hätte. Danke an Thomas H. und René für die Hilfe mit der Website.

Nicht zuletzt möchte ich mich natürlich bei allen Lesern des Neustadt-Geflüsters bedanken.

Danke auch an:

NEU STADT

Textwerkstatt Dresden
Agentur für Kommunikation

Büchers Best

DESASTRA®

CLAUDIA SEIDEL
FIT TOGETHER

Groove Station
WWW.GROOVESTATION.DE

seit 1831
KRONEN-APOTHEKE

LEBOWSKI BAR
Görlitzer Str. 5 - 01099 Dresden